Dörte Fuchs und Jutta Orth (Hg.)

Zur Grippe her kommet

Dörte Fuchs und Jutta Orth (Hg.)

Zur Grippe her kommet

Heitere Weihnachtsgeschichten

Kaufmann Verlag

Bibliografische Information der Deutschen Bibliothek

Die Deutsche Bibliothek verzeichnet diese Publikation in der
Deutschen Nationalbibliografie; detaillierte bibliografische
Daten sind im Internet über http://dnb.ddb.de abrufbar.

1. Auflage 2014
©2014 Verlag Ernst Kaufmann, Lahr
Coverabbildung: Johanna Ignjatovic
Druck und Bindung: CPI books, Ulm
ISBN 978-3-7806-3150-3

Inhalt

 # Apfent

Der Apfent ist die schönste Zeit vom Winter. Die meisten Leute haben im Winter eine Grippe. Die ist mit Fieber.

Wir haben auch eine, aber die ist mit Beleuchtung und man schreibt sie mit K.

Drei Wochen bevor das Christkindl kommt stellt Papa die Krippe im Wohnzimmer auf und meine kleine Schwester und ich dürfen mithelfen.

Viele Krippen sind langweilig, aber die unsere nicht, weil wir haben mordstolle Figuren drin. Ich habe einmal den Josef und das Christkindl auf den Ofen gestellt, damit sie es schön warm haben, und es war ihnen zu heiß. Das Christkindl ist schwarz geworden und den Josef hat es auf lauter Trümmer zerrissen. Ein Fuß von ihm ist bis in den Platzlteig geflogen und es war kein schöner Anblick. Meine Mama hat mich geschimpft und gesagt, dass nicht einmal die Heiligen vor meiner Blödheit sicher sind.

Wenn Maria ohne Mann und ohne Kind herumsteht, schaut es nicht gut aus. Aber ich habe Gott sei Dank viele Figuren in meiner Spielzeugkiste und der Josef ist jetzt der Donald Duck. Als Christkindl wollte ich den Asterix nehmen, weil der ist als Einziger so klein, dass er in den Futtertrog gepasst hätte. Da hat meine Mama gesagt, man kann doch als Christkindl keinen Asterix hernehmen, da ist ja das verbrannte Christkindl noch besser. Es ist zwar schwarz, aber immerhin ein Christkindl.

Hinter dem Christkindl stehen zwei Oxen, ein Esel, ein Nilpferd und ein Brontosaurier. Das Nilpferd und den Brontosaurier habe ich hineingestellt, weil der Ox und der Esel waren zu langweilig.

Links neben dem Stall kommen gerade die Heiligen Drei Könige daher. Ein König ist dem Papa im letzten Apfent beim Putzen heruntergefallen und war dodal hin. Jetzt haben wir nur mehr zwei heilige Könige und einen heiligen Batman als Ersatz. Normal haben die Heiligen Drei Könige einen Haufen Zeug für das Christkindl dabei, nämlich Gold, Weihrauch und Pürree oder so ähnlich.

Von den unseren hat einer anstatt Gold ein Kaugummipapierl dabei, das glänzt auch schön. Der andere hat eine Marlboro in der Hand, weil wir keinen Weihrauch haben. Aber die Marlboro raucht auch schön, wenn man sie anzündet. Der heilige Batman hat eine Pistole dabei. Das ist zwar kein Geschenk für das Christkindl, aber damit kann er es vor dem Saurier beschützen.

Hinter den drei Heiligen sind ein paar rothäutige Indianer und ein kasiger Engel. Dem Engel ist ein Fuß abgebrochen, darum haben wir ihn auf ein Motorrad gesetzt, damit er sich leichter tut. Mit dem Motorrad kann er fahren, wenn er nicht gerade fliegt.

Rechts neben dem Stall haben wir ein Rotkäppchen hingestellt. Sie hat eine Pizza und drei Weizen für die Oma dabei. Einen Wolf haben wir nicht, darum lugt hinter dem Baum ein Bummerl als Ersatzwolf hervor.

Mehr steht in unserer Krippe nicht, aber das reicht voll. Am Abend schalten wir die Lampen an und dann ist unsere Krippe erst so richtig schön. Wir sitzen herum und singen Lieder vom Apfent. Manche gefallen mir, aber die meisten sind mir zu lusert. Mein Opa hat mir ein Gedicht vom Apfent gelernt, und das geht so:

„Apfent, Apfent, der Bärwurz brennt.

Erst trinkst oan, dann zwoa, drei, vier,
dann hauts de mit deim Hirn an d Tür."
Obwohl dieses Gedicht recht schön ist, hat
die Mama gesagt, dass ich mir es nicht mer-
ken darf.

Im Apfent wird auch gebastelt. Wir haben
eine große Schüssel voll Nüsse und eine
kleine mit Goldstaub. Darin wälzen wir die
Nüsse, bis sie golden sind, das Christkindl
hängt sie später an den Christbaum. Man
darf nicht fest schnaufen, weil der Goldstaub
ist dodal leicht und fliegt herum, wenn man
hinschnauft. Einmal habe ich vorher in den
Goldstaub ein Niespulver hineingetan, und
wie mein Vater die erste Nuss darin gewälzt
hat, tat er einen Nieserer, dass es ihn geris-
sen hat, und sein Gesicht war goldern und
die Nuss nicht. Mama hat ihn geschimpft,
weil er keine Beherrschung hat, und sie hat
gesagt, er stellt sich dümmer an als ein Kind.
Meinem Vater war es recht zuwider und
er hat nicht mehr mitgetan. Er hat gesagt,
dass mit dem Goldstaub irgendetwas nicht
stimmt, und Mama hat gesagt, dass höchstens bei ihm etwas nicht stimmt. Ich habe
mich sehr gefreut, weil es war insgesamt ein
lustiger Apfentsabend.

Kurz vor Weihnachten müssen wir unsere Wunschzettel schreiben. Meine Schwester wünscht sich meistens Puppen oder sonst ein Klump. Ich schreibe vorsichtshalber mehr Sachen auf und zum Schluss schreibe ich dem Christkindl, es soll einfach so viel kaufen, bis das Geld ausgeht. Meine Mama sagt, das ist eine Unverschämtheit, und irgendwann bringt mir das Christkindl gar nichts mehr, weil ich nicht bescheiden bin. Aber bis jetzt habe ich immer etwas gekriegt. Wenn ich groß bin und ein Geld verdiene, dann kaufe ich mir selber etwas und bin überhaupt nicht bescheiden. Dann kann sich das Christkindl von mir aus ärgern, weil dann ist es mir wurscht.

Bis man schaut ist der Apfent vorbei und Weihnachten auch und mit dem Jahr geht es dahin. Die Geschenke sind ausgepackt und man kriegt bis Ostern nichts mehr, höchstens, wenn man vorher Geburtstag hat.

Aber eins ist gwies: Der Apfent kommt wieder!

Ein heiterer Schüleraufsatz zum Thema „Eine kleine Weihnachtsgeschichte"

Nikolause

Es war Niklausabend-Tag, und soeben hatte der Bäcker ein großes Kuchenblech voll frisch gebackener Nikolause aus dem Ofen gezogen. Die Augen standen ihnen – dass Gott erbarm! – so dick wie Froschaugen aus dem Kopfe heraus. Eine Nase hatte der Bäcker überhaupt für überflüssig gehalten – auch Ohren. Der Mund aber saß dem einen rechts, dem andern links und hatte eine verzweifelte Ähnlichkeit mit den Westenknöpfen. Von den Armen und Beinen gar nicht zu reden! Was kümmerten die den Bäcker? Er hatte ja alle seine vier Glieder – und nicht zu knapp! Die Nikolause, die würde er auf alle Fälle verkaufen, ob sie nun wulstige oder spindeldürre Arme, gerade Beine oder nur zwei zugespitzte Klumpen hatten.
Zuerst waren nun die Frischgebackenen da eine Weile still. Sie mussten sich die Welt ringsum doch erst ein wenig ansehen. Da merkten die, die das Glück hatten, geradeaussehen zu können, dass die Decke der Backstube lachte.

„Warum lachen Chie?", fragte einer, der einen bedauerlich schiefen Mund bekommen hatte.

„Ach", entschuldigte sich die Decke, „ich wunderte mich nur darüber, dass der Bäcker es in keinem Jahre fertigbringt, tadellose Nikolause zu backen."

„Tadelloch – wach choll dach heichen?", fragte der Nikolaus und rollte seine schwarzen Korinthenaugen. Nun mischten sich auch die andern ein. „Ja, wollen Sie uns bitte eine Erklärung geben, was Sie mit dem Wort ‚tadellos' gemeint haben?"

„Ach, ich meinte ja nur so – so – na ja: eben so, wie sich's gehört. Arme und Beine hübsch regelmäßig geformt, der Mund in der Mitte und auch die Augen auf ihrem richtigen Platz. Aber es ist noch nie vorgekommen, dass der Bäcker solche Männer zustande gebracht hat. Der heilige Nikolaus wird sich bedanken für seine gebackenen Fotografien!" Inzwischen hatte der Bäckermeister sich darangemacht, ein zweites Blech mit Teigmännern zu belegen. Sie fielen nicht besser aus. Im Gegenteil! Es war haarsträubend, was der Bäcker sich in seiner Schöpferlaune leistete! Klebten zwei Korin-

then zusammen: „Da – haste zwei Münder."
„Es ist empörend!", rief der Tisch. „Ein Doppelmund! Aber der wäre dem schwatzhaften Bäcker selber sicher sehr angenehm. Dass ihm doch der heilige Nikolaus den eigenen Kopf so tief zwischen die Schultern steckte!"
„Ja, und ihn recht kräftig an den Ohren zwickte", grollte der Stuhl. „Dann würde er sich seiner Hörorgane vielleicht erinnern."
Am hitzigsten war aber der Backofen. „Die Augen sollte man ihm auskratzen und sie ihm hüben und drüben auf die Backen kleistern!", schrie er wütend. „Ein Skandal ist es! Und schließlich bleibt ja doch alles an mir hängen." Nun kam die Frau Bäckermeisterin mit einem Körbchen, stellte die Nikolause hinein und trug sie in das Schaufenster des Lädchens.
„Aah, aah, aah!", kam es von allen Seiten, „die Herren Nikolause!" Gleich kam auch ein Trupp Schulbuben die Straße daher, drückte sich die Nase an den Scheiben platt, rief: „Nikkelees! Nikkelees!" und verschlang mit den Augen das ganze Körbchen.
Die Männer aus dem feurigen Ofen mussten durchaus den Eindruck gewinnen, als

werde ihnen hier unverhohlene, ja begeisterte Bewunderung zuteil. Einer von ihnen, dem die Augen ungefähr in gleicher Höhe mit dem Munde saßen, dessen obere Kopfhälfte aber dafür außerordentlich viel Platz zum Denken ließ, philosophierte: „Der Geschmack und die Ansichten dieser Welt scheinen sehr geteilt zu sein. Was von dem einem verlacht wird, wird von den andern bewundert." Mit dieser Erkenntnis suchten seine Kameraden je nach Veranlagung (d. h. je nachdem man ihnen die Korinthen in den Kopf gedrückt und dadurch ihren Gesichtern Ausdruck verliehen hatte) fertig zu werden. Die einen mit Humor, die andern mit Pessimismus, die dritten mit dem Grundsatz der allgemeinen Wurschtigkeit.

„Was aber mag der eigentliche Zweck des Lebens – des Lebens eines Nikolauses – sein?", grübelte der mit der Denkerstirne weiter. Er brauchte nicht lange auf die Antwort zu warten. Die Ladentür klingelte, und herein trat eine Frau in Schürze, Pantoffeln und Kopftuch.

„Gewwe Se mer mal sechs Stick von dene Nikkeleese", sagte sie zur Bäckermeisterin. „Mer muss doch merkke, dass heit Nikkeleesabend is. Awwer von dene große zu 10 Pfennig."

„Aha!", dachte der Philosoph aus Kuchenteig, „die Dinge des Lebens werden also verschieden bewertet. Je nach Größe und Umfang – sehr vernünftig!"

Er verschwand mit fünf Kollegen in einer Tüte. „Zu Hause" wurde er ausgepackt. „Wie groß ist doch die Welt! Nicht nur einen Geburtsort und einen Kaufladen, nein, auch noch eine Straße und ein ‚Zuhause' gibt es darin", dachte er begeistert.

Nun verbreitete sich in der Stube ein würziger Duft; Tassen wurden auf den Tisch gestellt und in jede derselben ein Nikolaus hineingesteckt. Recht stattlich nahm er sich doch aus, dieser Kreis von wackeren Kumpanen! Herzerquickend war denn auch die Freude der Kinderschar.

Unser Held wollte gerade ausrufen: „Kameraden – o Gott – das Leben ist doch schön!", da verzogen sich seine drei Münder – oder seine drei Augen, wie man's nehmen will –, und er spürte einen Riss in seiner Kopfhaut. „Ach nein – kurz scheint's zu sein", konnte er merkwürdigerweise doch noch denken. „Und der Hunger scheint mächtiger zu sein als die Liebe." Hierin hatte er nicht unbedingt recht – glücklicherweise. Denn wenn auch seine fünf Genossen geköpft, geviertteilt oder sonst wie misshandelt und dann auf kannibalische Weise verspeist wurden – er kam mit einer leichten Verletzung davon. „Ich will mein Nikkelees doch liewer erst mal dem werkliche Nikkelees heit Abend zeige", sagte seine kleine Besitzerin liebevoll.

„Tu des – tu des nur, mei Herzche", nickte die Mutter.

Also ward dem Glücklichen noch eine Galgenfrist beschert. Er benutzte sie natürlich sofort wieder zum Philosophieren. „Nur die Gedanken scheinen ewig", meinte er.

Nun: Der Abend kam, und der wirkliche Nikolaus kam. Er betrachtete sein Kuchen-Konterfei lange und prüfend und schüttelte dann sein ehrwürdiges Haupt. Plötzlich aber hellte sich die Miene des wirklichen Nikolaus auf. „Ich armer Nikolaus – soll ich schon klagen?", rief er aus. „Du lieber Gott! was musst du erst alles an deinen Ebenbildern erleben!"

Sophie Reinheimer

Plätzchenduft im ganzen Haus

Wieder diese dunkle Jahreszeit. Wieder Dezember. Wieder diese langen Nächte und kurzen Tage. Und wieder die Familie, die quengelt, ich soll Plätzchen backen.

„Nein!", sage ich dieses Mal entschieden. „Ich backe in diesem Jahr keine Plätzchen." Mann und Sohn gucken mich an, als ob ich ihnen soeben mitgeteilt hätte, dass ich beabsichtige, nach Timbuktu auszuwandern. Alles, nur das nicht. Sie flehen. Sie nölen. Sie schimpfen. Und ich argumentiere damit, dass es keinen Spaß macht, viele Stunden in der Küche zuzubringen, nochmals Stunden mit deren Reinigung beschäftigt zu sein, die Produkte meiner schweißtreibenden Arbeit sich noch am Backtag bis auf die Hälfte dezimieren zu sehen, um dann festzustellen, dass anschließend niemand mehr von den Keksen isst. Nicht nur nicht im Dezember, nein, auch am Fest selbst wird alles Mögliche gegessen und genascht, nicht aber Mutters Kekse.

Ich schlug vor, in eine gute Konditorei zu gehen und ein paar von diesen wunderbaren Keksen zu kaufen, die so schön aussehen, wie ich es niemals hinkriegen würde. Aber sie schüttelten beiden heftig die Köpfe und argumentierten: „Aber das riecht doch so schön im ganzen Haus." Okay, da hatten sie ja nun recht. Trotzdem habe ich keine Lust, Kekse für den Mülleimer zu produzieren. Basta!

Im letzten Jahr hatte ich logisch überlegt und nur noch die Hälfte Kekse gebacken. In der Hoffnung, dass dann alle an einem Tag aufgegessen würden. Aber die Rechnung ging nicht auf. Erstens hatte ich fast genauso viel Arbeit, weil es der verschmutzten Küche egal ist, ob zehn oder fünf Bleche gebacken wurden, und zweitens haben sie von der Hälfte eben wieder nur die Hälfte gegessen. Ob sie es unverschämt gefunden hätten, alles auf einmal zu essen, oder ob ausgerechnet im letzten November ihr Keksappetit nur halb so groß war, bleibt unbekannt. Mein Entschluss stand fester denn je: In diesem Jahr keine Kekse.

Nun waren meine beiden Süßen nicht gewillt, auf selbst gebackene Weihnachtssüßigkeiten zu verzichten. Und weil Muttern dieses Mal nicht als Produzentin zur Verfügung stand, passierte, was passieren musste. Die beiden wälzten Backbücher, kauften Frauenzeitschriften mit Plätzchenrezepten und bereiteten sich akribisch auf den großen Backtag vor. Wenn eine Frau kocht oder backt, geht sie in die Küche, schmeißt Ofen und Herd in Gang und legt los. Männer jedoch planen alles bis in die kleinste Kleinigkeit. Sie lasen die Rezepte, murmelten was von Kuvertüre, Petit Fours und viele andere leckere Ausdrücke. Ich schmunzelte, denn ich konnte mir nicht vorstellen, dass sie das hinkriegen würden. Meine Kekse, die ich immer genau nach Anweisung backte, sahen nie so umwerfend toll aus, wie sie in den Zeitschriften oder Backbüchern abgebildet waren. Aber die beiden hatten – so schien es – den Anspruch, es besser zu machen als ich.

Ich gebe zu, dass ich ein bisschen in meinem hausfraulichen Stolz gekränkt war. Und ein bisschen juckte es mich doch, ihnen zu zeigen, wer hier besser backen konnte. Doch ein Zurück gab es nun nicht mehr für mich. Zu viel hatte ich darangesetzt, mein Ziel zu erreichen. Um nicht in irgendeine Versuchung zu kommen, in den nachmittäglichen Backvorgang einzugreifen, verzog ich mich für einige Stunden.

Ja, es stimmt, ich war sehr neugierig, als ich nach Hause kam. Was dort dekorativ in einer Schale angerichtet war, verschlug mir den Atem. Vanillekipferl mit Puderzucker, Zimtsterne mit rosa Verzierungen und vieles mehr. „Alle Achtung!" Das Kompliment meinte ich wirklich ernst.

Erst am Abend im Bett fiel mir auf, dass etwas gefehlt hatte. Der Duft. Genau! Der Plätzchenduft im ganzen Haus.

Rita Fehling

Was taugen junge Weihnachtsmänner von heute gegen das alte Väterchen Frost?

Ob Väterchen Frost und der Weihnachtsmann verwandt beziehungsweise zwei unterschiedliche Leute seien, fragten mich meine Kinder neulich. Auf diese Frage hatte ich keine einfache Antwort parat. Soweit ich mich erinnern konnte, war das Väterchen – oder auf gut Russisch „Opa Frost" – trinkfester als sein europäischer Kollege. In der Sowjetunion schaute er zusammen mit seiner Freundin Schneeflöckchen einmal im Jahr bei uns vorbei, nämlich am Abend des einunddreißigsten Dezember. Die beiden waren vom Betrieb meines Vaters beauftragt, allen Mitarbeitern, die Kinder hatten, einen Besuch abzustatten und eine Tüte mit Schokolade und anderen Süßigkeiten zu überreichen. Außerdem musste Opa Frost einen auf das Wohl der Familie trinken. Das Schneeflöckchen hatte die Aufgabe, auf Opa Frost aufzupassen, damit er gerade stand und nicht herumtorkelte.

Als Erstes besuchten die beiden die Familie des Direktors, dann seines Stellvertreters, anschließend die seines Buchhalters und schließlich die Familie des Leiters der Parteizelle. Mein Vater war als Stellvertretender Leiter der Abteilung Planwesen ein ziemlich wichtiger Mann im Betrieb. Unsere Familie stand also auch ganz oben auf der Liste von Opa Frost, auf jeden Fall unter den ersten zwanzig Adressen. Trotzdem konnte er bei uns schon kaum noch sprechen. Wir wohnten im fünften Stock in einem Haus ohne Fahrstuhl, und man hörte Opa Frost schon im Treppenhaus fluchen, wie er mit seinem Sack gegen die eine oder die andere Tür knallte.

„Na, Boris, geht's noch?", fragte ihn mein Vater.

Opa Frost hatte eine Plastiknase ohne Nasenlöcher, sein Bart war schräg um den Hals gewickelt, ein Teil davon steckte in seinem Mund.

„Viel Freude für Ihre Familie", flötete Schneeflöckchen bei ihrer Ankunft.

„Ich glaube, ich muss mich erst mal setzen", sagte Opa Frost und nahm im Korridor auf unserem Schuhschrank Platz. Das Herumsitzen in der warmen Wohnung tat Opa Frost aber nicht gut. Er sprang auf und rief:

„Wo ist das Kind?"

Meine Eltern schoben mich nach vorne.

„Na du, Junge, wie heißt du? Sehr gut, Wladimir. Hier ist etwas zum Knabbern für dich!"

Opa Frost übergab mir eine zerknitterte Tüte aus seinem halb leeren Sack, trank mit meinem Vater im Stehen einen Wodka, rülpste, drehte sich um und lief die Treppe wieder runter. Schneeflöckchen hinter ihm her.

„Nicht so schnell, Boris, ich möchte nicht, dass wir wieder im Krankenhaus landen wie letztes Jahr", schrie sie.

„Scheiß drauf, die Kinder warten", röchelte Opa Frost.

Ich hielt ihn damals für einen Beamten, einen weiteren Diener des Staates, der wie die Polizisten auf der Straße oder die Lehrer in der Schule zwar unangenehm, aber unvermeidlich war.

Hier in Europa ist alles viel komplizierter organisiert. Im Dezember sind hier gleich mehrere Männer mit Säcken unterwegs. In Holland zum Beispiel sind es drei: Am fünften Dezember wird der Sinterklaas zusammen mit dem Zwarten Piet, dem Schwarzen Mann, erwartet. Letzterer spielt die Rolle des Schneeflöckchens. Früher mussten sich die holländischen Pieter ihr Gesicht extra mit Ruß einschmieren, um realistisch zu wirken; seitdem sie viele Mitbürger aus Surinam haben, ist das jedoch nicht mehr nötig. Beide kommen laut der Legende aus Madrid, sie sammeln Stroh und Mohrrüben für ihre Rentiere, und der Zwarte Piet wirft den artigen Kindern die Geschenke durch den Kamin. Die unartigen Kinder werden zur Bestrafung nach Madrid verschleppt. Ihre Eltern ziehen dann freiwillig nach. Zu Weihnachten kommt noch der Weihnachtsmann, Santa Claus, der aber in Holland keine Geschenke verteilt und nur so durch die Gegend fliegt, manchmal fährt er den Coca-Cola-Truck.

In Deutschland sind Sankt Nikolaus und Santa Claus fast Klone. Sie haben oft die gleichen Geschenke und sind deswegen im kollektiven Bewusstsein der Kinderbevölkerung zu einer Figur verschmolzen: der des Weihnachtsmannes. In Berlin werden die meisten Weihnachtsmänner von der studentischen Arbeitsvermittlung engagiert. An manchen Dezemberabenden kann man zwei bis drei gleichzeitig in einem

U-Bahn-Waggon erwischen, wie sie hin und her durch die Stadt pendeln. Einige rülpsen laut in den Sack. Wenn diese jungen Weihnachtsmänner lange genug unterwegs sind, können sie sogar dem alten Opa Frost Paroli bieten.

Wladimir Kaminer

Großvater
als St. Nikolaus

„Weihnachten kommt. Von Haus zu Haus
Geht wieder um St. Nikolaus.
Stellt, Kinder, jedes seinen Schuh
Vors Fenster und seht morgen zu!
Mit Spielwerk und mit Zuckerkant
Füllt er den Schuh euch bis zum Rand."
Die Kinder stellen die Schühchen raus,
Großvater spielt St. Nikolaus ...
In dunkler Nacht um halber vier
Da trommelt's an die Kammertür.
Die Jungens brechen bei mir ein,
Auch Mausi stolpert hinterdrein.
Ja, selbst das Baby, dass es schrie,
Als stäk's am Bratspieß, weckten sie.
Im bloßen Hemdlein, unbeschuht,
Tanzt um mein Bett die wilde Brut.
Sechs Händchen suchen mein Gesicht;
„Guck, Großpapa, was ich gekriegt!"
Sechs Händchen stopfen mir – o weh! –
In jedes Ohr ein Praliné.

Sechs Händchen kleben mir im Nu
Mit Fruchtbonbons die Augen zu.
Sie machen mir noch den Garaus.
Der Kuckuck spiel St. Nikolaus!

Adolf Ey

Fröhliche Weihnachten oder Das Wunder von Striegeldorf

Vieles hat sich unter Weihnachten in Masuren ereignet, weniges aber kommt an Merkwürdigkeit gleich jenem Vorfall, den mein Großonkel, ein sonderbarer Mensch mit Namen Matuschitz, auslöste. Ich möchte davon erzählen, auf jede Gefahr hin.

Heinrich Matuschitz, ein fingerfertiger Besenbinder, hatte sich an einem fremden Motorrad vergangen und war für wert befunden, einzusitzen für ein halbes Jahr. Er saß zusammen mit einem finsteren Menschen mit Namen Mulz, der ein alter Forstgehilfe war und dem die Wilddiebe, hol sie der Teufel, zwei Frauen nacheinander von der ehelichen Seite fortgefrevelt hatten, woraufhin Otto Mulz in gewalttätigem Kummer den ganzen Striegeldorfer Forst anzündete. Gut. Die Herren leisteten sich rechtschaffen Gesellschaft in ihrer Zelle, beobachteten die berühmten Striegeldorfer Sonnenuntergänge, plauderten aus ihrem Leben, und derweil taten Wochen und Monate das, wovon sie scheint's niemand abbringen kann: Sie strichen ins Land, rückten vor, diese Monate bis zum Dezember, brachten Schnee mit, brachten Frost, bewirkten, daß das schmucklose Gefängnis beheizt wurde, taten so, was man von ihnen erwartet. Insbesondere aber brachten sie näher gewisse Termine, und mit den niederen Terminen auch den Obertermin sozusagen: den Heiligen Abend nämlich.

Nun fällt es einem Masuren schon schwer genug, auf die Annehmlichkeiten der Freiheit im allgemeinen zu verzichten, furchtbar aber wird es, wenn man ihn zu solchem Verzicht auch am Heiligen Abend zwingt. Demgemäß wandte sich Heinrich Matuschitz, mein Großonkelchen, an seinen Zellenbruder, sprach ungefähr so: „Der Schnee, Otto Mulz", so sprach er, „kündigt liebliches Ereignis an. Nimmt man den Frost noch hinzu und das Gefühl im Innern, so muß der Heilige Abend nicht weit sein. Habe ich richtig gesprochen?" „Richtig", sagte der alte Forstgehilfe.

„Also", stellte mein Großonkelchen befriedigt fest. Dann starrte er hinaus in den wirbelnden Flockenfall, sann, während er sich am Gitter festhielt, ein Weilchen nach, und nachdem ein neuer Gedanke ersonnen war, sprach er folgendermaßen: „Das Ereignis", so sprach er, „das liebliche, es steht bevor. Jedes Wesen in Striegeldorf und Umgebung ist angehalten, sich zu freuen. Die Menschen sind angehalten, die Hasen, die Eichhörnchen, und schon gar nicht zu reden von den Kindern. Nur wir, Otto Mulz, sollen gebracht werden um unsere Freude. Weil sich aber jedes Wesen zu freuen hat an diesem Termin, müssen wir ersinnen einen Ausweg."

„Man will uns", sagte der alte Forstgehilfe, „die Freude stehlen."

„Eben", sagte Heinrich Matuschitz, mein Großonkel. „Aber wir werden uns, bevor es dazu kommt, die Freude besorgen, und zwar da, wo sie allein zu finden ist: in der Freiheit. Wir werden uns zum Heiligen Abend beurlauben."

„Das ist, wie die Dinge liegen, gut gesagt", sprach Mulz. „Nur wird der alte Schneppat uns nicht bewilligen solchen Urlaub zu Freude. Unter den Aufsehern, die ich kenne, ist Schneppat der schlimmste. Man wird uns, schlickerdischlacker, gleich wieder schnappen, zumal durch meine persönliche

Feuersbrunst verlorengegangen sind die schönsten Verstecke im Walde."

Bei diesen Worten wies er mit ordentlicher Bekümmerung auf die traurigen Baumstümpfe, die vom Striegeldorfer Forst nachgeblieben waren. Das Großonkelchen indes gnidderte, das heißt: lachte versteckt, legte dem Otto Mulz einen Arm um die Schulter, winkte sich sein Ohr ganz nahe heran und sprach:

„Uns wird", so sprach er, „überhaupt niemand vermissen, kein Schneppat und niemand. Denn wir werden zurücklassen unser Ebenbild. Wir werden hier sein und nicht hier."

Was Otto Mulz dazu brachte, mein Großonkelchen zuerst erstaunt, dann mißtrauisch und schließlich mitfühlend anzusehen und nach einer Weile zu sagen: „Manch einen, Heinrich Matuschitz, hat große Freude schon blöde gemacht. Denn erkläre mir, bitte schön, wie ein Mensch gleichzeitig sein kann bei dem lieblichen Ereignis in der Freiheit und hier in der Zelle."

Obwohl diese Worte, man wird es zugeben, nicht unbedingt höflich waren, verlor das Großonkelchen weder Faden noch Ge-

duld, sondern begann mit listigem Lächeln
zu flüstern, und zwar flüsterte er dermaßen
vorsichtig, daß nicht einmal etwas für diese
Erzählung erlauscht werden konnte. Sicher
ist nur, daß er dabei den Otto Mulz, sei es
überredete, sei es überflüsterte; denn das
finstere Gesicht des alten Forstgehilfen hellte sich auf, spiegelte Teilnahme, spiegelte
Begeisterung, und zuletzt spiegelte es – na,
sagen wir: Verklärung.

Und dann begab sich Folgendes: Heinrich
Matuschitz, mein Großonkel, aß kein Brot
mehr – ebensowenig aß es sein Zellenbruder –; und jede Ration wurde unter dem
Bett versteckt, wurde gestreichelt und ge-
hütet, während das liebliche Ereignis un-
aufhaltsam heraufzog. Die einsitzenden
Herren wurden, je näher das Ereignis kam,
unruhiger, gespannter und flattriger, man
plauderte nicht mehr aus dem Leben, fand
keine Zeit zu müßiger Beobachtung, alles an
ihnen war nur noch eingestellt in Richtung
auf das Kommende und auf das, was zwischen ihnen geflüstert war.

Und eines Morgens, nachdem der Frost sie
muntergekniffen hatte, erhob sich Heinrich
Matuschitz und gab preis, was er so sorgfäl-

tig auch vor uns verborgen gehalten hatte: Fingerfertig, wie mein Großonkelchen war, zog er das gesparte Brot unter dem Bett hervor, benetzte es auskömmlich und begann, weiß der Kuckuck, aus dem weichen Brot den Kopf des alten Forstgehilfen zu kneten. Walkte und knetete mit einem Geschick, daß sich dem Otto Mulz die Sprache versagte; zog eine Nase aus, das Großonkelchen, schnitt zwei Lippen in den Teig und alles haargenau nach dem Original des Forstgehilfen. Lachte dabei und sprach:

„Der wird", sprach er, „Otto Mulz, genau wie du. Hoffentlich steckt er nur keinen Forst an."

„Mir wird es", sprach Mulz, „unheimlich zumute. Obwohl ich weiß, Heinrich Matuschitz, daß du manches kannst schnitzen mit deinem Messer, wußte ich doch nicht, daß du einen Striegeldorfer formen kannst nach seinem Ebenbild."

Dann sah er atemlos zu, wie Ohr und Kinn entstanden, und zuletzt hielt er zitternd still, als ihm das Großonkelchen ein paar Haare absäbelte und sie an den Brotkopf klebte.

„Pschakrew", sagte der Forstgehilfe, „wenn ich schon früher so doppelt gewesen wäre, dann hätte einer von mir zu Hause bleiben können: Die Wilddiebe hätten sich nicht rangetraut, die Frau wäre mir geblieben, ich hätte den Forst nicht angezündet und brauchte hier nicht zu sitzen. Wenn ich, pschakrew, das alles gewußt hätte."

Nachdem der Kopf des Forstgehilfen fertig war, fabrizierte mein Großonkelchen sich selbst, und weil das Brot nicht hinreichte, nahm er zur Ausbildung des Hinterkopfes einige Pfefferkuchen, die ihnen, da das liebliche Ereignis unmittelbar bevorstand, hereingeschoben worden waren.

Kaum war er fertig damit, als die Klappe in der Tür fiel und Schneppat, der kurzatmige Aufseher, hereinschaute zum Zweck der Kontrolle. Er schaute wichtigtuerisch, dieser Mensch, und zum Schlusse fragte er in seiner höhnischen Besorgtheit: „Na", fragte er, „was wünschen sich die Herren zum Heiligen Abend?"

„Schlummer", sagte mein Großonkelchen prompt. „Wir möchten bitten das Gesetz um langen, ungestörten Festtagsschlummer."

„Könnt ihr haben", sagte Schneppat. „Aber da ich nicht hier bin, werd' ich es Baginski sagen, dem Aufseher aus Sybba. Er löst mich ab für zwei Tage. Wer schlummert, sündigt nicht."

Damit ließ er die Klappe herunter und empfahl sich. Seine Schritte waren noch nicht verklungen, als Heinrich Matuschitz die Brotköpfe hervorholte, sie auf die Pritschen legte, die Decken kunstgerecht hochzog und überhaupt einen unwiderlegbaren Eindruck hervorrief von zwei Herren im Festtagsschlummer. Wehmütig standen sie vor ihren Ebenbildern, ergriffen sogar, und dann sagte das Großonkelchen vor seiner Büste: „Ich grüße dich", sagte er, „Heinrich Matuschitz auf der Pritsche. Gott segne deinen Schlummer."

Etwas ähnliches sprach auch der alte Forstgehilfe, und nachdem sie Abschied genommen hatten von sich selbst, hoben sie das Gitter ab und verschwanden durchs Fenster in Richtung auf das liebliche Ereignis.

Dies Ereignis: Es wurde angesungen von den Zöglingen der Striegeldorfer Schule, wurde von Glöckchen verkündet, vom Geruch gebratener Gänse, und ehedem hatte sich an der Verkündung auch der Wind im Striegeldorfer Forst beteiligt.

Mein Großonkelchen und Otto Mulz, sie

gingen mit sich zurate, wie sie das liebliche
Ereignis ihrerseits am besten verkünden
könnten, und nach schwerer Grübelarbeit
beschlossen sie, es durch Gesang zu tun,
mit den Zöglingen der Striegeldorfer Schule. Während des Gesanges schon wurden sie
teilhaftig der Freude, obwohl die Oberleh-
rerin Klimschat, die das Singen befehligte,
Mühe hatte, die Herren einzustimmen; bei
jedem Mal, da sie die Stimmgabel anschlug,
lauschte sie verwundert und sprach: „Mir
kollert, pschakrew, ein Tönchen nach dem
andern von der Gabel runter."
Na, aber da sie von mitfühlendem Wesen
war, ließ sie die Herren singen, und nach
dem Gesang gingen diese zu meinem Großonkelchen nach Hause, wo neue Freude
bezogen wurde aus gebratenem Speck, aus
geräuchertem Aal und, natürlich, aus dem
lieblichen Schein der Talglichter. Bezogen
so viel Freude, die Herren, daß sie wieder
ins Singen verfielen, sangen von dem lieblichen Ereignis, und nach abermaligem Essen
suchten die Herren auf dem Fußboden nach
einem Festtagstraum.
Träumten angenehm bis zum nächsten Tag,
lächelten sich innig zu beim Erwachen und

stellten fest, daß man nicht bestohlen worden war um rechtmäßige und zustehende Freude. Und nach solchen Versicherungen beschlossen sie zurückzukehren, in das ansprechende, wenn auch schmucklose Gefängnis, um unnötige Schwierigkeiten zu vermeiden. Machten sich also auf, die beiden, und gelangten alsbald zum Ort ihrer Bestimmung, der bewacht wurde von dem Aufseher Baginski aus Sybba. Dieser Mensch jedoch, wachsam wie er war, entdeckte die Herren, als sie in der Dämmerung durchs Fenster steigen wollten, rief sie drohend an und kommandierte:

„Der Unfug", kommandierte er, „hat an diesem Haus zu unterbleiben, zumal Weihnachten. Alle Personen zurück."

Worauf mein Großonkelchen entgegnete:

„Wir fordern nicht gerade, was recht, aber was billig ist. Wir gehören hierher. Wir sind, wenn ich so sagen darf, wohnberechtigt."

Baginski lugte durch das Fenster, äugte eine ganze Zeit hinein, und dann sprach er: „Die Betten, wie man sieht, sind besetzt. Die Herren schlummern. Da sie sich ausbedungen haben den Schlummer zum Festtag, hat jede Störung zu unterbleiben."

„Ein Irrtum", sagte Otto Mulz, dem die Kälte zuzusetzen begann. „Ein reiner Irrtum, Ludwig Baginski, die Herren, die da schlummern, sind wir."

„Wir möchten", ließ sich mein Großonkel vernehmen, „die Schlafenden nur austauschen gegen uns."

Ludwig Baginski, der Aufseher, blickte düster, blickte zurechtweisend, schließlich sagte er:

„Meine Augen", sagte er, „sie sehen, was nötig ist. Und hier ist nötig Ruhe für zwei schlummernde Herren. Also möchte ich bitten um das, was gebraucht wird zur Erhaltung des Schlummers: Stille nämlich."

Stellte sich, weiß Gott, gleich ziemlich drohend auf, dieser Ludwig Baginski, und zwang die Herren abzuziehen. Nun, sie zogen davon bis zu den Baumstümpfen des ehemaligen Striegeldorfer Forstes, stellten sich zusammen und, da sie diesmal keinen Grund besaßen zu flüstern, vernahm man Otto Mulz folgendermaßen:

„Napoleon", so vernahm man ihn, „hatte es schwer auf seinem Weg nach Rußland. Verglichen mit unserer Schwierigkeit, war seine ein Dreck."

„Man müßte", sagte Heinrich Matuschitz, „etwas ersinnen."

„Mäuse", sagte der alte Forstgehilfe. „Wir werfen Mäuse in das Zellchen, sie werden unsere Köpfe wegknabbern, und wenn wir nicht mehr da schlummern, wird man uns wieder reinlassen, und wir können in Ruhe abbrummen die letzten Wochen."

„Auch die Mäuse, Otto Mulz, sind zu dieser Zeit angehalten zur Freude. Sie finden mehr als genug. Nein, wir müssen warten, bis Ludwig Baginski sich niederlegt zur Ruhe. Dann werden wir's noch einmal versuchen." Und das taten die Herren. Sie warteten frierend im ehemaligen Striegeldorfer Forst, und als die Stunde gut war und günstig, schlichen sie zum Gefängnis, stiegen diesmal unbemerkt ein, als die Klappe in der Tür fiel und der Aufseher Baginski argwöhnisch hereinsah.

Es durchfuhr ihn, er grapschte in die Luft und taumelte zurück, und als die Benommenheit sich legte, rannte er nach dem Schlüssel, rannte zurück und schloß auf. Was er sah, waren zwei blinzelnde Herren, die auf ihren Pritschen lagen. Aber Baginski gab sich nicht zufrieden, respektierte keinen Schlummer und keinen Festtag, sagte stattdessen: „Meine Augen, sie sehen, was zu sehen ist. Und sie haben in diesem Zellchen erblickt vier Herren, statt zwei. Demnach möchte ich bitten um Aufschluß über die zwei andern."

„Wir haben, wie gewünscht, angenehm geschlummert", sagte Mulz.

„Aber es waren vier, wie meine Augen gesehen haben."

Darauf sammelte sich mein Großonkelchen und sprach:

„Wenn ich mich, Ludwig Baginski, nicht irre, geschehen zu diesem Termin Wunder auf der ganzen Welt. Warum, bitte sehr, sollte Striegeldorf verschont bleiben von solchen Wundern? Besser, es geschieht ein Wunder als gar keins. Habe ich richtig gesprochen, Otto Mulz?"

„Richtig", bestätigte der alte Forstgehilfe, und die Herren wickelten sich jeder in sein Deckchen und wünschten sich „gute Nacht".

Siegfried Lenz

Die Leihgabe

Am meisten hat Vater sich jedes Mal zu Weihnachten Mühe gegeben. Da fiel es uns allerdings auch besonders schwer, drüber wegzukommen, dass wir arbeitslos waren. Andere Feiertage, die beging man oder man beging sie nicht; aber auf Weihnachten lebte man zu, und war es erst da, dann hielt man es fest; und die Schaufenster, die brachten es ja oft noch nicht mal im Januar fertig, sich von ihren Schokoladenweihnachtsmännern zu trennen.

Mir hatten es vor allem immer die Zwerge und Kasperles angetan. War Vater dabei, sah ich weg; aber das fiel meist mehr auf, als wenn man hingesehen hätte; und so fing ich dann allmählich doch wieder an, in die Läden zu gucken. Vater war auch nicht gerade unempfindlich gegen die Schaufensterauslagen, er konnte sich nur besser beherrschen. Weihnachten, sagte er, wäre das Fest der Freude; das Entscheidende wäre jetzt nämlich: nicht traurig zu sein, auch dann nicht, wenn man kein Geld hätte.

„Die meisten Leute", sagte Vater, „sind bloß am ersten und zweiten Feiertag fröhlich und vielleicht nachher zu Silvester noch mal. Das genügt aber nicht; man muss mindestens schon einen Monat vorher mit Fröhlichsein anfangen. Zu Silvester", sagte Vater, „da kannst du dann getrost wieder traurig sein; denn es ist nie schön, wenn ein Jahr einfach so weggeht. Nur jetzt, so vor Weihnachten, da ist es unangebracht, traurig zu sein."

Vater selber gab sich auch immer große Mühe, nicht traurig zu sein um diese Zeit; doch er hatte es aus irgendeinem Grund da schwerer als ich; wahrscheinlich deshalb, weil er keinen Vater mehr hatte, der ihm dasselbe sagen konnte, was er mir immer sagte.

Es wäre bestimmt auch alles leichter gewesen, hätte Vater noch seine Stelle gehabt. Er hätte jetzt sogar wieder als Hilfspräparator gearbeitet; aber sie brauchten keine Hilfspräparatoren im Augenblick. Der Direktor hatte gesagt, aufhalten im Museum könnte Vater sich gern, aber mit Arbeit müsste er warten, bis bessere Zeiten kämen.

„Und wann, meinen Sie, ist das?", hatte Va-

ter gefragt. „Ich möchte Ihnen nicht weh-
tun", hatte der Direktor gesagt.

Frieda hatte mehr Glück gehabt; sie war in
einer Großdestille am Alexanderplatz als
Küchenhilfe eingestellt worden und war
dort auch gleich in Logis. Uns war es ganz
angenehm, nicht dauernd mit ihr zusammen zu sein; sie war jetzt, wo wir uns nur
mittags und abends mal sahen, viel netter.

Aber im Grunde lebten auch wir nicht
schlecht. Denn Frieda versorgte uns reich-
lich mit Essen, und war es zu Hause zu kalt,
dann gingen wir ins Museum rüber; und
wenn wir uns alles angesehen hatten, lehnten wir uns unter dem Dinosauriergerippe an die Heizung, sahen aus dem Fenster
oder fingen mit dem Museumswärter ein
Gespräch über Kaninchenzucht an.

An sich war das Jahr also durchaus dazu angetan, in Ruhe und Beschaulichkeit zu Ende
gebracht zu werden. Wenn Vater sich nur
nicht solche Sorge um einen Weihnachtsbaum gemacht hätte.

Es kam ganz plötzlich.

Wir hatten eben Frieda aus der Destille ab-
geholt und sie nach Hause gebracht und
uns hingelegt, da klappte Vater den Band

„Brehms Tierleben" zu, in dem er abends immer noch las, und fragte zu mir rüber: „Schläfst du schon?"

„Nein", sagte ich, denn es war zu kalt zum Schlafen.

„Mir fällt eben ein", sagte Vater, „wir brauchen ja einen Weihnachtsbaum." Er machte eine Pause und wartete meine Antwort ab.

„Findest du?", sagte ich.

„Ja", sagte Vater, „und zwar so einen richtigen, schönen; nicht so einen murkligen, der schon umkippt, wenn man bloß mal eine Walnuss dranhängt."

Bei dem Wort Walnuss richtete ich mich auf. Ob man nicht vielleicht auch ein paar Lebkuchen kriegen könnte zum Dranhängen?

Vater räusperte sich. „Gott –", sagte er, „warum nicht; mal mit Frieda reden."

„Vielleicht", sagte ich, „kennt Frieda auch gleich jemand, der uns einen Baum schenkt."

Vater bezweifelte das. Außerdem: So einen Baum, wie er ihn sich vorstellte, den verschenkte niemand, der wäre ein Reichtum, ein Schatz wäre der.

Ob er vielleicht eine Mark wert wäre, fragte ich.

„Eine Mark –?!" Vater blies verächtlich die

44

Luft durch die Nase. „Mindestens zwei."

„Und wo gibt's ihn?"

„Siehst du", sagte Vater, „das überleg ich auch gerade."

„Aber wir können ihn doch gar nicht kaufen", sagte ich; „zwei Mark: Wo willst du die denn jetzt hernehmen?"

Vater hob die Petroleumlampe auf und sah sich im Zimmer um. Ich wusste, er überlegte, ob sich vielleicht noch was ins Leihhaus bringen ließe; es war aber schon alles drin, sogar das Grammophon, bei dem ich so geheult hatte, als der Kerl hinter dem Gitter mit ihm weggeschlurft war.

Vater stellte die Lampe wieder zurück und räusperte sich. „Schlaf mal erst; ich werde mir den Fall durch den Kopf gehen lassen."

In der nächsten Zeit drückten wir uns bloß immer an den Weihnachtsbaumverkaufsständen herum. Baum auf Baum bekam Beine und lief weg; aber wir hatten noch immer keinen.

„Ob man nicht doch –?", fragte ich am fünften Tag, als wir gerade wieder im Museum unter dem Dinosauriergerippe an der Heizung lehnten.

„Ob man was?", fragte Vater scharf.

„Ich meine, ob man nicht doch versuchen sollte, einen gewöhnlichen Baum zu kriegen?"

„Bist du verrückt?!" Vater war empört. „Vielleicht so einen Kohlstrunk, bei dem man nachher nicht weiß, soll es ein Handfeger oder eine Zahnbürste sein? Kommt gar nicht infrage."

Doch was half es; Weihnachten kam näher und näher. Anfangs waren die Christbaumwälder in den Straßen noch aufgefüllt worden; aber allmählich lichteten sie sich, und eines Nachmittags waren wir Zeuge, wie der fetteste Christbaumverkäufer vom Alex, der Kraftriemen-Jimmy, sein letztes Bäumchen, ein wahres Streichholz von einem Baum, für drei Mark fünfzig verkaufte, aufs Geld spuckte, sich aufs Rad schwang und wegfuhr.

Nun fingen wir doch an traurig zu werden. Nicht schlimm; aber immerhin, es genügte, dass Frieda die Brauen noch mehr zusammenzog, als sie es sonst schon zu tun pflegte, und dass sie uns fragte, was wir denn hätten.

Wir hatten uns zwar daran gewöhnt, unseren Kummer für uns zu behalten, doch diesmal machten wir eine Ausnahme, und Vater erzählte es ihr.

Frieda hörte aufmerksam zu. „Das ist alles?" Wir nickten.

„Ihr seid aber komisch", sagte Frieda; „wieso geht ihr denn nicht einfach in den Grunewald einen klauen?"

Ich habe Vater schon häufig empört gesehen, aber so empört wie an diesem Abend noch nie.

Er war kreidebleich geworden. „Ist das dein Ernst?", frage er heiser.

Frieda war sehr erstaunt. „Logisch", sagte sie; „das machen doch alle."

„Alle –!", echote Vater dumpf, „alle –!" Er erhob sich steif und nahm mich bei der Hand. „Du gestattest wohl", sagte er darauf zu Frieda, „dass ich erst den Jungen nach Hause bringe, ehe ich dir hierauf die gebührende Antwort erteile."

Er hat sie ihr niemals erteilt. Frieda war vernünftig; sie tat so, als ginge sie auf Vaters Zimperlichkeit ein, und am nächsten Tag entschuldigte sie sich.

Doch was nützte das alles; einen Baum, gar einen Staatsbaum, wie Vater ihn sich vorstellte, hatten wir deshalb noch lange nicht.

Aber dann – es war der dreiundzwanzigste Dezember, und wir hatten eben wieder unseren Stammplatz unter dem Dinosauriergerippe bezogen – hatte Vater die große Erleuchtung.

„Haben Sie einen Spaten?", fragte er den Museumswärter, der neben uns auf seinem Klappstuhl eingenickt war.

„Was?!", rief der und fuhr auf, „was habe ich?!"

„Einen Spaten, Mann", sagte Vater ungeduldig; „ob Sie einen Spaten haben."

Ja, den hätte er schon.

Ich sah unsicher an Vater empor. Er sah jedoch leidlich normal aus; nur sein Blick schien mir eine Spur unsteter zu sein als sonst. „Gut", sagte er jetzt; „wir kommen heute mit zu Ihnen nach Hause, und Sie borgen ihn uns."

Was er vorhatte, erfuhr ich erst in der Nacht.

„Los", sagte Vater und schüttelte mich, „steh auf."

Ich kroch schlaftrunken über das Bettgitter. „Was ist denn bloß los?"

„Pass auf", sagte Vater und blieb vor mir stehen; „einen Baum stehlen, das ist gemein; aber sich einen borgen, das geht."

„Borgen –?", fragte ich blinzelnd.

„Ja", sagte Vater. „Wir gehen jetzt in den Friedrichshain und graben eine Blautanne aus. Zu Hause stellen wir sie in die Wanne mit Wasser, feiern morgen dann Weihnachten mit ihr, und nachher pflanzen wir sie wieder am selben Platz ein. Na –?" Er sah mich durchdringend an.

„Eine wunderbare Idee", sagte ich.

Summend und pfeifend gingen wir los; Vater den Spaten auf dem Rücken, ich einen Sack unter dem Arm. Hin und wieder hörte Vater auf zu pfeifen, und wir sangen zweistimmig „Morgen, Kinder, wird's was geben" und „Vom Himmel hoch, da komm ich her". Wie immer bei solchen Liedern, hatte Vater Tränen in den Augen, und auch mir war schon ganz feierlich zumut.

Dann tauchte vor uns der Friedrichshain auf, und wir schwiegen.

Die Blautanne, auf die Vater es abgesehen hatte, stand inmitten eines strohgedeckten Rosenrondells. Sie war gut anderthalb Meter hoch und ein Muster an ebenmäßigem Wuchs.

Da der Boden nur dicht unter der Oberfläche gefroren war, dauerte es auch gar nicht

lange, und Vater hatte die Wurzeln freige-
legt. Behutsam kippten wir den Baum darauf um, schoben ihn mit den Wurzeln in
den Sack, Vater hing seine Joppe über das
Ende, das raussah, wir schippten das Loch
zu, Stroh wurde drübergestreut, Vater lud
sich den Baum auf die Schulter, und wir
gingen nach Hause.

Hier füllten wir die große Zinkwanne mit
Wasser und stellten den Baum rein.

Als ich am nächsten Morgen aufwachte,
waren Vater und Frieda schon dabei, ihn
zu schmücken. Er war jetzt mithilfe einer
Schnur an der Decke befestigt, und Frieda
hatte aus Stanniolpapier allerlei Sterne ge-
schnitten, die sie an seinen Zweigen auf-
hängte; sie sahen sehr hübsch aus. Auch einige Lebkuchenmänner sah ich hängen.

Ich wollte den beiden den Spaß nicht verder-
ben; daher tat ich so, als schliefe ich noch.
Dabei überlegte ich mir, wie ich mich für
ihre Nettigkeit revanchieren könnte.

Schließlich fiel es mir ein: Vater hatte sich
einen Weihnachtsbaum geborgt, warum
sollte ich es nicht fertigbringen, mir über
die Feiertage unser verpfändetes Grammophon auszuleihen? Ich tat also, als wachte

ich eben erst auf, bejubelte vorschriftsmäßig den Baum, und dann zog ich mich an und ging los. Der Pfandleiher war ein furchtbarer Mensch; schon als wir zum ersten Mal bei ihm gewesen waren und Vater ihm seinen Mantel gegeben hatte, hätte ich dem Kerl sonst was zufügen mögen; aber jetzt musste man freundlich zu ihm sein.

Ich gab mir auch große Mühe. Ich erzählte ihm was von zwei Großmüttern und „gerade zu Weihnachten" und „letzter Freude auf alte Tage" und so, und plötzlich holte der Pfandleiher aus und haute mir eine herunter und sagte ganz ruhig:

„Wie oft du sonst schwindelst, ist mir egal; aber zu Weihnachten wird die Wahrheit gesagt, verstanden?" Darauf schlurfte er in den Nebenraum und brachte das Grammophon an. „Aber wehe, ihr macht was an ihm kaputt! Und nur für drei Tage! Und auch bloß, weil du's bist!"

Ich machte einen Diener, dass ich mir fast die Stirn an der Kniescheibe stieß; dann nahm ich den Kasten unter den einen, den Trichter unter den anderen Arm und rannte nach Hause. Ich versteckte beides erst mal in der Waschküche. Frieda allerdings musste ich einweihen, denn die hatte die Platten; aber Frieda hielt dicht.

Mittags hatte uns Friedas Chef, der Destillenwirt, eingeladen. Es gab eine tadellose Nudelsuppe, anschließend Kartoffelbrei mit Gänseklein. Wir aßen, bis wir uns kaum noch erkannten; darauf gingen wir, um Kohlen zu sparen, noch ein bisschen ins Museum zum Dinosauriergerippe; und am Nachmittag kam Frieda und holte uns ab.

Zu Hause wurde geheizt. Dann packte Frieda eine Riesenschüssel voll übrig gebliebenem Gänseklein, drei Flaschen Rotwein und einen Quadratmeter Bienenstich aus, Vater legte für mich seinen Band „Brehms Tierleben" auf den Tisch, und im nächsten unbewachten Augenblick lief ich in die Waschküche runter, holte das Grammophon rauf und sagte Vater, er sollte sich umdrehen.

Er gehorchte auch; Frieda legte die Platten raus und steckte die Lichter an, und ich machte den Trichter fest und zog das Grammophon auf.

„Kann ich mich umdrehen?", fragte Vater, der es nicht mehr aushielt, als Frieda das Licht ausgeknipst hatte.

„Moment", sagte ich; „dieser verdammte Trichter, denkst du, ich krieg das Ding fest?"
Frieda hüstelte.

„Was denn für ein Trichter?", fragte Vater.

Aber da ging es schon los. Es war „Ihr Kinderlein, kommet"; es knarrte zwar etwas, und die Platte hatte wohl auch einen Sprung, aber das machte nichts. Frieda und ich sangen mit, und da drehte Vater sich um. Er schluckte erst und zupfte sich an der Nase, aber dann räusperte er sich und sang auch mit. Als die Platte zu Ende war, schüttelten wir uns die Hände, und ich erzählte Vater, wie ich das mit dem Grammophon gemacht hatte.

Er war begeistert. „Na –?", sagte er nur immer wieder zu Frieda und nickte dabei zu mir rüber; „na –?"

Es wurde ein sehr schöner Weihnachtsabend. Erst sangen und spielten wir die Platten durch; dann spielten wir sie noch mal ohne Gesang; dann sang Frieda noch mal alle Platten allein; dann sang sie mit Vater noch mal, und dann aßen wir und tranken den Wein aus, und darauf machen wir noch ein bisschen Musik; und dann brachten wir Frieda nach Hause und legten uns auch hin.

Am nächsten Morgen blieb der Baum noch aufgeputzt stehen. Ich durfte liegenbleiben, und Vater machte den ganzen Tag Grammophonmusik und pfiff die zweite Stimme dazu.

Dann, in der folgenden Nacht, nahmen wir den Baum aus der Wanne, steckten ihn, noch mit den Stanniolpapiersternen geschmückt, in den Sack und brachten ihn zurück in den Friedrichshain.

Hier pflanzten wir ihn wieder in sein Rosenrondell. Darauf traten wir die Erde fest und gingen nach Hause. Am Morgen brachte ich dann auch das Grammophon weg.

Den Baum haben wir noch häufig besucht; er ist wieder angewachsen. Die Stanniolpapiersterne hingen noch eine ganze Weile in seinen Zweigen, einige sogar bis in den Frühling. Vor ein paar Monaten habe ich mir den Baum wieder mal angesehen. Er ist jetzt gut zwei Stock hoch und hat den Umfang eines mittleren Fabrikschornsteins. Es mutet merkwürdig an, sich vorzustellen, dass wir ihn mal zu Gast in unserer Wohnküche hatten.

Wolfdietrich Schnurre

Der Weihnachtsmann in der Lumpenkiste

In meiner Heimat gingen am Andreastage, dem dreißigsten November, die Ruprechte von Haus zu Haus. Die Ruprechte, das waren die Burschen des Dorfes, in Verkleidungen, wie sie die Bodenkammern und die Truhen der Altenteiler, der Großeltern, hergaben. Die rüden Burschen hatten bei diesen Dorfrundgängen nicht den Ehrgeiz, friedfertige Weihnachtsmänner zu sein. Sie drangen in die Häuser wie eine Räuberhorde, schlugen mit Birkenruten um sich, warfen Äpfel und Nüsse, auch Backobst, in die Stuben und brummten wie alte Bären: „Können die Kinder beten?"

Die Kinder beteten, sie beteten vor Furcht kunterbunt: „Müde bin ich, geh zur Ruh … Komm, Herr Jesu, sei unser Gast … Der Mai ist gekommen …" Lange Zeit glaubte ich, daß das Eigenschaftswort „ruppig" von Ruprecht abgeleitet wäre.

Wenn die Ruprechthorde die kleine Dorfschneiderstube meiner Mutter verließ, roch es in ihr noch lange nach verstockten Klei-

dungsstücken, nach Mottenpulver und rei-
fen Äpfeln. Meine kleine Schwester und ich
waren vor Furcht unter den großen Schnei-
dertisch gekrochen. Die Tischplatte schien
uns ein besserer Schutz als unsere Gebet-
chen zu sein, und wir wagten lange nicht
hervorzukommen, noch weniger, das Dörr-
obst und die Nüsse anzurühren.
Diese Verängstigung konnte wohl auch unsere Mutter nicht mehr mit ansehen, denn
sie bestellte im nächsten Jahr die Ruprechte ab. Oh, was hatten wir für eine mächtige
Mutter! Sie konnte die Ruprechte abbestel-
len und dafür das Christkind einladen.
Jahrsdrauf erschien bei uns also das Christkind, um die Ruppigkeit der Ruprechte aus-
zutilgen. Das Christkind trug ein weißes
Tüllkleid und ging in Ermangelung von
heiligweißen Strümpfen – es war im Ersten
Weltkrieg – barfuß in weißen Brautschuhen.
Sein Gesicht war von einem großen Stroh-
hut überschattet, dessen breite Krempe mit
Wachswatte-Kirschen garniert war. Vom
Rande der Krempe fiel dem Christkind ein
weißer Tüllschleier übers Gesicht. Das holde
Himmelskind sprach mit piepsiger Stimme
und streichelte uns sogar mit seinen Braut-

handschuhhänden. Als wir unsere Gebete abgerasselt hatten, wurden wir mit gelben Äpfeln beschenkt. Sie glichen den Goldparmänen, die wir als Wintervorrat auf dem Boden in einer Strohschütte liegen hatten. Das sollten nun Himmelsäpfel sein? Wir bedankten uns trotzdem artig mit „Diener" und „Knicks", und das Christkind stakte gravitätisch auf seinen nackten Heiligenbeinen in den Brautstöckelschuhen davon.

Meine Mutter war zufrieden: „Habt ihr gesehen, wie's Christkind aussah?"

„Ja", sagte ich, „wie Buliks Alma, wenn sie hinter einer Gardine hervorlugt."

Buliks Alma war die etwa vierzehnjährige Tochter aus dem Nachbarhause. An diesem Abend sprachen wir nicht mehr über das Christkind.

Vielleicht kam die Mutter wirklich nicht ohne den Weihnachtsmann aus, wenn sie sich tagsüber die nötige Ruhe in der Schneiderstube erhalten wollte. Jedenfalls erzählte sie uns nach dem mißglückten Christkindbesuch, der Weihnachtsmann habe nunmehr seine Werkstatt über dem Bodenzimmer unter dem Dach eingerichtet. Das war eine dunkle, geheimnisvolle Ecke des

Häuschens, in der wir noch nie gewesen waren. Eine Treppe führte nicht unter das Dach. Eine Leiter war nicht vorhanden. Die Mutter wußte geheimnisvoll zu berichten, wie sehr der Weihnachtsmann dort oben nachts, wenn wir schliefen, arbeitete, so daß uns das Umhertollen und Plappern verging, weil sich der Weihnachtsmann bei Tage ausruhen und schlafen mußte.

Eines Abends vor dem Schlafengehen hörten wir den Weihnachtsmann auch wirklich in seiner Werkstatt scharwerken, und die Mutter war sicher dankbar gegen den Wind, der ihr beim Märchenmachen half.

„Soll der Weihnachtsmann Tag für Tag schlafen und Nacht für Nacht arbeiten, ohne zu essen?" Diese Frage stellte ich hartnäckig.

„Wenn ihr artig seid, ißt er vielleicht einen Teller Mittagessen von euch", entschied die Mutter.

Also erhielt der Weihnachtsmann am nächsten Tage einen Teller Mittagessen. Mutter riet uns, den Teller an der Tür des Bodenstübchens abzustellen. Ich gab meinen Patenlöffel dazu. Sollte der Weihnachtsmann mit den Fingern essen?

Bald hörten wir unten in der Schneiderstube, wie der Löffel im Teller klirrte. Oh,
was hätten wir dafür gegeben, den Weihnachtsmann essen sehen zu dürfen! Allein,
die gute Mutter warnte uns, den alten wun-
derlichen Mann zu vergrämen, und wir ge-
horchten.

Von nun an wurde der Weihnachtsmann
täglich von uns beköstigt. Wir wunderten
uns, daß Teller und Löffel, wenn wir sie am
späten Nachmittag vom Boden holten, blink
und blank waren, als wären sie durch den
Abwasch gegangen. Der Weihnachtsmann
war demnach ein reinlicher Gesell, und
wir bemühten uns, ihm nachzueifern. Wir
schabten und kratzten nach den Mahlzeiten
unsere Teller aus, und dennoch waren sie
nicht so sauber wie der Teller des heiligen
Mannes auf dem Dachboden.

Nach dem Mittagessen hatte ich als Ältester,
um meine Mutter in der nähfädelreichen
Vorweihnachtszeit zu entlasten, das wenige
Geschirr zu spülen, und meine Schwester
trocknete es ab. Da der Weihnachtsmann
sein Eßgeschirr in blitzblankem Zustande
zurücklieferte, versuchte ich, ihm auch das
Abwaschen unseres Mittagsgeschirrs zu

übertragen. Es glückte. Ich ließ den Weihnachtsmann für mich abwaschen, und meine Schwester war nicht böse, wenn sie die leicht zerbrechlichen Teller nicht abzutrocknen brauchte.

War's Forscherdrang, der mich zwackte, war's, um mich bei dem Alten auf dem Dachboden beliebt zu machen, ich begann ihm außerdem auf eigene Faust meine Aufwartung zu machen.

Bald wußte ich, was ein Weihnachtsmann gern aß. Von einem Rest Frühstücksbrot, den ich ihm hinaufgetragen hatte, aß er nur die Margarine herunter. Der Großvater schenkte mir ein Zuckerstück, eine rare Sache in jener Zeit. Ich brachte das Naschwerk dem Weihnachtsmann. Er verschmähte es. Oder mochte er es nur nicht, weil ich es schon angeknabbert hatte? Auch einen Apfel ließ er liegen, aber eine Maus aß er. Dabei hatte ich ihm die tote Maus nur in der Hoffnung hingelegt, er würde sie wieder lebendig machen; hatte er nicht im Vorjahr einen neuen Schweif an mein altes Holzpferd wachsen lassen?

Soso, der Weihnachtsmann aß also Mäuse! Vielleicht würde er sich auch über Heringsköpfe freuen. Ich legte drei Heringsköpfe vor die Tür der Bodenstube, und da mein Großvater zu Besuch war, hatte ich sogar den Mut, mich hinter der Lumpenkiste zu verstecken, um den Weihnachtsmann bei seiner Heringskopfmahlzeit zu belauschen. Mein Herz pochte in den Ohren. Lange brauchte ich nicht zu warten, denn aus der Lumpenkiste sprang – murr, marau – unsere schwarzbunte Katze.

Ich schwieg über meine Entdeckung und ließ fortan meine Schwester den Teller Mittagessen allein auf den Boden bringen.

Bis zum Frühling bewahrte ich mein Geheimnis, aber als in der Lumpenkiste im Mai, da vor der Haustür der Birnbaum blühte, vier Kätzchen umherkrabbelten, teilte ich meiner Mutter dieses häusliche Ereignis so mit: „Mutter, Mutter, der Weihnachtsmann hat Junge!"

Erwin Strittmatter

 # Einkäufe

Was schenke ich dem kleinen Michel
zu diesem kalten Weihnachtsfest?
Den Kullerball? Den Sabberpichel?
Ein Gummikissen, das nicht nässt?
Ein kleines Seifensiederlicht?
Das hat er noch nicht. Das hat er noch nicht!

Wähl ich den Wiederaufbaukasten?
Schenk ich ihm noch mehr Schreibpapier?
Ein Ding mit schwarzweißroten Tasten;
ein patriotisches Klavier?
Ein objektives Kriegsgericht?
Das hat er noch nicht. Das hat er noch nicht!

Schenk ich den Nachttopf ihm auf Rollen?
Schenk ich ein Moratorium?
Ein Sparschwein, kugelig geschwollen?
Ein Puppenkrematorium?
Ein neues gescheites Reichsgericht?
Das hat er noch nicht. Das hat er noch nicht!

Ach, liebe Basen, Onkels, Tanten –
Schenkt ihr ihm was. Ich find es kaum.
Ihr seid die Fixen und Gewandten,
hängt ihrs ihm untern Tannenbaum.
Doch schenkt ihm keine Reaktion!
Die hat er schon. Die hat er schon!

Kurt Tucholsky

Quellenverzeichnis

Apfent Der Almbauer (12/2008), Autor unbekannt (für Hinweise ist der Verlag dankbar)

Fehling, Rita Plätzchenduft im ganzen Haus, ©bei der Autorin

Kaminer, Wladimir Was taugen junge Weihnachtsmänner von heute gegen das alte Väterchen Frost?, aus: Wladimir Kaminer, Ich mache mir Sorgen, Mama, ©2004 Manhattan Verlag, München, in der Verlagsgruppe Random House GmbH

Lenz, Siegfried Das Wunder von Striegeldorf, Copyright©1957 by Hoffmann und Campe Verlag, Hamburg

Schnurre, Wolfdietrich Die Leihgabe, aus: Wolfdietrich Schnurre, Als Vaters Bart noch rot war, ©Berlin 1996, Berlin Verlag in der Piper Verlag GmbH

Strittmatter, Erwin Der Weihnachtsmann in der Lumpenkiste, aus: Erwin Strittmatter, 3/4hundert Kleingeschichten, ©Aufbau Verlag GmbH & Co. KG, Berlin 2001 (die Originalausgabe erschien 1971 im Aufbau Verlag; Aufbau eine Marke der Aufbau Verlag GmbH & Co. KG)